ARISTODEME, TRAGEDIE.

A PARIS,
Chez TOVSSAINCT QVINET, au Palais, dans la petite Salle, sous la montée de la Cour des Aydes.

M. DC. XLIX.

AVEC PRIVILEGE DV ROY.

A MONSIEVR

MONSIEVR LE CHEVALIER DE RIVIERE,

CONSEILLER DV ROY EN SES CONSEILS,

Gouuerneur de la ville d'Espernay, premier Gentilhomme de la Chambre de Monseigneur le Prince, & Gouuerneur pour son Altesse de la ville & Chasteau de Nerac & Duché d'Albret.

MONSIEVR,

Ie presume trop de cette bonté auec laquelle vous receustes mon premier present, pour manquer de confiance dans la liberté que ie prens de vous preſenter auiourd'huy Ariſtodeme : Puiſque vous auez ſouffert que ie miſſe voſtre nom à la teſte d'vn Ouurage qui ne vous eſtoit cognu que ſur la foy d'autruy , i'ay lieu d'eſperer que vous ferez la meſme grace à vn Ouurage que vous auez veu, & qui vous doit la meilleure partie de ſa reputation. Si voſtre generoſité deuoit eſtre ſollicitée par d'autres motifs que par ceux de ſa propre gloire, ie pourrois, MONSIEVR, vous faire ſouuenir qu'Ariſtodeme a eu l'honneur de plaire à vn Prince qui n'eſt pas moins conſiderable par les lumieres de ſon eſprit, que par les merueilles de ſa valeur: Mais, quoy que le reſpect que vous rendez aux ſentimens d'vn iugement ſi éclairé ſoit plutoſt l'effect d'vne iudicieuſe deference que de l'autorité de ſon rang; Ie ne veux pas toutefois preſter au preſent que ie vous fais vne ſi puiſſante recommandation, de peur de rendre ſuſpecte au public l'approbation que vous luy auez deſia donnée, & d'amoindrir la grace de voſtre protection. Ie veux, MONSIEVR, vous la deuoir toute entiere, & bien que ie ſçache que vous voulez tenir toute la dignité de voſtre nom de la grandeur du Maiſtre que vous ſeruez, ie conſidere en vous vn éclat qui vous eſt ſi propre & ſi naturel, qu'il eſt bien aiſé de voir qu'il ne vient que de vous, & qu'il eſt moins en vous l'ouurage que le principe & le fondement de voſtre faueur. Et ie m'aſſeure, MONSIEVR, que ſi voſtre modeſtie me permettoit de vous preſenter à vous-meſme vn tableau de ce que vous eſtes, on y obſerueroit des traits qui vous ſont ſi particuliers, qu'il ne faudroit que ietter les yeux deſſus luy pour vous diſtinguer de tout ce qui n'eſt pas vous-meſme ; Cette parfaite intelligence dans toute ſorte d'affaires, cette adreſſe à les conduire, & cette promptitude à les executer, ſe treuuent rarement dans vne autre perſonne, que dans la voſtre ; & ſans aller trop loin ie puis tirer de ce que vous auez fait dans nos derniers deſordres vne preuue aſſez illuſtre de cette haute prudence ; mais ie laiſſe à l'hiſtoire qui eſt la depoſitaire des grandes actions, à publier des choſes dont l'éclat s'effaceroit dans l'obſcurité d'vne lettre. Ie me contente, MONSIEVR, de vous conſiderer dans ces ſoins genereux que vous rendez continuellement à ceux que vous aymez, & ſur tout aux perſonnes de voſtre païs; puiſque par là i'eſpere non ſeulement de vous engager puiſſamment dans la protection d'Ariſtodeme, qui a donné tout ſon ſang pour le ſien, mais encore de vous faire agreer l'inuiolable proteſtation que i'ay faite d'eſtre plus qu'homme du monde,

MONSIEVR,

Voſtre tres humble & tres obeiſſant ſeruiteur,

BOYER.

Extraict du priuilege du Roy.

PAR grace & priuilege du Roy donné à Paris le 20. iour de Nouemb. 1647. Signé, Par le Roy en son Conseil, LE BRVN, Il est permis à TOVSSAINCT QVINET Marchand Libraire à Paris, d'imprimer ou faire imprimer, vendre & distribuer vne piece de Theatre intitulée *Aristodeme*, *Tragicomedie, par le sieur Boyer*, durant le temps & espace de cinq ans, à compter du iour qu'il sera acheué d'imprimer : Et defenses sont faites à tous Imprimeurs, Libraires & autres, de contrefaire ledit Liure, ny le vendre ou exposer en vente à peine de trois mil liures d'amende, & de tous despens, dommages & interests, ainsi qu'il est plus amplement porté par lesdites Lettres, qui sont en vertu du present extraict tenuës pour bien & deuëment signifiées, à ce qu'aucun n'en pretende cause d'ignorance.

Acheué d'imprimer pour la premiere fois le 28. *Nouembre* 1648.

Les Exemplaires ont esté fournis.

ACTEVRS.

EVPHAES,	Roy de Messenie, amoureux de Merope.
ARISTODEME,	Prince de Messenie, pere d'Argie.
ALCIDAMAS,	Prince de Messenie, amoureux d'Argie.
CRESPHONTE,	Fils de Theopompe Roy de Sparte, inconnu sous le nom d'Epebole amoureux d'Argie.
ARGIE.	
MEROPE,	Fille de la Prestresse Isinire, & cruë sœur d'Alcidamas.
ALCMENE,	Confidente d'Argie.
ARCAS,	Enuoyé de Theopompe,
TROVPE DE SOLDATS.	

La Scene est sur le mont Ithomé deuant le Temple de Iupiter.

ARISTO-

ARISTODEME
TRAGICOMEDIE.

ACTE I.
SCENE PREMIERE.

LE ROY, ARISTODEME, EPEBOLE.

LE ROY.

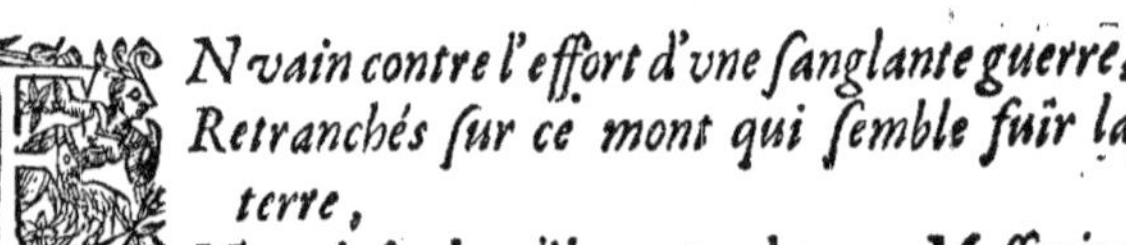

EN vain contre l'effort d'vne sanglante guerre,
Retranchés sur ce mont qui semble fuïr la terre,
Nous defendons l'honneur du nom Messenien
Si le demon de Sparte est plus fort que le sien.
Il triomphe, & malgré les efforts de nos armes
Apres tout nostre sang nous arrache des larmes.
Oüy, Princes, en l'estat où nous reduit le sort
Où le moindre malheur est celuy de la mort.

A l'effroyable objet des maux qu'on nous prepare
Ie sens que malgré moy ma constance s'égare ;
Et ie ne sçaurois voir qu'auec la larme à l'œil
Toute la Messenie au bord de son cercueil.
Helas ! pour quel forfait, pour quel crime execrable
Luy faites-vous, grands Dieux, vn sort si deplorable ?
Ou pourquoy si ce coup ne pouuoit s'éuiter
Attendiez-vous mon regne à le faire éclater ?
Dieu du mont Ithomé, Dieu de toute la terre
Qui souuent de ce Temple as lancé le tonnerre,
Souffres-tu qu'auiourd'huy tes ennemis mortels
Nous viennent égorger au pied de tes Autels ?
Que leur Religion dans le sang étouffee
Renouuelle à tes yeux les desordres d'Amphée ?
Et que Sparte employant le fer & le flambeau
De ton Temple & du mont fasse vn ardant tombeau ?
Est-ce ainsi puissant Dieu que tu nous abandonnes ?
Messene va perir puisque tu nous l'ordonnes ;
Mais nostre desespoir se meslant à nos coups,
Ceux qui la font perir, periront auec nous.
Vaillant Aristodeme, & toy mon cher Cresphonte
Que l'ennemy iamais n'éprouua qu'à sa honte,
Et qui sans estre issu du sang Messenien,
De Messene pourtant t'és rendu le soustien ;
Preuenez auec moy la cruelle disgrace
Dont depuis si long-temps le destin nous menace ;
Et pour ne pas nous voir honteusement soumis
S'il faut tomber, tombons auec nos ennemis.

ARISTODEME.

N'agrauez pas, Seigneur, les malheurs de Messene,
Bien que le Ciel sur elle ait deployé sa haine,
Apres les grands exploits qu'à faits vostre valeur
Elle peut hardiment deffier le malheur:
Et tant que vostre bras soustiendra sa querelle
Si Sparte ne flechit la guerre est immortelle,
Du superbe sommet de ce mont orgueilleux
Le mal qu'ils nous ont fait retombera sur eux.
Nous le renuerserons dessus leurs propres testes,
De ces lieux éleuez partiront les tempestes,
Dont les traits par nous mesme heureusement conduits
Les reduiront bien-tost où nous sommes reduits.

LE ROY.

Aristodeme, pers cette esperance vaine,
Iuge plus sainement des malheurs de Messene,
Et sçache qu'ils sont tels que pour borner leur cours
Les Dieux ont trop long-temps differé leur secours;
A peine ils le pourroient de puissance absoluë,
Mais desia dans le Ciel sa perte est resoluë.
Les prodiges sanglans qui nous ont menacez
Nous font voir contre nous tous les Dieux courroucez,
Tout le monde a tremblé sous vn coup de tonnerre,
Cent phantosmes hideux se sont leuez de terre,
Et remplissant ces lieux de tristesse & d'effroy
Androcle & ses amis ont paru deuant moy.

Tel qu'alors qu'opposant ſa puiſſance Royale
A la guerre qu'il crût à ſon païs fatale,
Beaucoup plus fort que luy, quoy qu'en vn meſme rang;
Mon pere Antiochus la ſigna de ſon ſang.
L'heure vient, m'a-t'il dict, où le Ciel delibere
De me vanger ſur toy du crime de ton pere.
Mais las! par des rigueurs que i'ay peine à ſouffrir
Toute la Meſſenie auec toy doit perir.
A ces mots il ſe perd dans le ſein d'vne nuë,
Les épais tourbillons qui m'en oſtent la veuë,
Sont ſans ceſſe percez de mille & mille eſclairs
Qui peignent nos malheurs dans le vague des airs.
On oyt bruire par tout des inſtrumens de guerre:
Vne pluye de ſang tombe ſur cette terre,
La couure de ſerpens, d'inſectes, & d'abord
Nous reſpirons vn air de poiſon & de mort,
Vn ſi triſte deſtin eut-il iamais d'exemple?

EPEBOLE.

Ioignez à ces horreurs ce qui ſe fait au Temple.
Déja prés de l'Autel les Preſtres par trois fois
Auoient ſommé les Dieux d'accourir à leur voix.
La pureté du feu preſt pour le ſacrifice
Nous faiſoit eſperer vn ſuccez plus propice.
L'encens montoit au Ciel auecque liberté,
Mais ſi toſt qu'à la dextre vn foudre eut éclaté,
Le Miniſtre effrayé laſche les deux victimes
Qui deuoient expier la grandeur de nos crimes.

L'vne eschape & s'enfuit, l'autre court à l'Autel,
Arreste, tombe & meurt auant le coup mortel.
Le Prestre épouuenté de voir ses funerailles
Cherche encor nos destins au fond de ses entrailles.
Mais passant plus auant il voit auec erreur,
Vn serpent qui mouroit en luy rongeant le cœur.

ARISTODEME.

O de nos derniers maux triste & dernier presage!
C'est ce prodige affreux qui m'oste le courage.
Tout est perdu pour nous.

LE ROY.

C'est l'extréme malheur
Qui des vrais genereux redouble la valeur.
Allons doncques amis où nous attend la gloire,
Vne éclatante mort vaut mieux qu'vne victoire.
Puisque c'est triompher des hommes & du sort
De finir de beaux iours par vne illustre mort.

ARISTODEME.

Suiuons vn sentiment si noble & si sublime.
Mais Alcidamas vient.

SCENE II.

ARISTODEME, LE ROY, ALCIDAMAS, Troupe des Gardes, EPEBOLE.

ALCIDAMAS.

ENfin, Roy magnanime,
Les Dieux vont retirer Messene de ses fers,
Ils ont déja touchez des maux qu'elle a soufferts,
Commencé son salut par vn fameux miracle,
Nous n'attendions plus rien du costé de l'Oracle,
Tisis estant crû mort, à peine à nos esprits
Restoit le souuenir du soin qu'il auoit pris.
Cependant il reuient, & son zele inuincible
Nous porte d'Apollon le remede infaillible.
Il reuient, & le Dieu qu'il porte dans son sein
Du camp des ennemis l'a tiré par la main.

LE ROY.

Quoy! Tisis vit encor, ô friuole esperance!

EPEBOLE.

Mais quand bien son salut auroit quelque apparence,
Peut-il pour nous reucir aborder des remparts
Que nos fiers ennemis ceignent de toutes parts?

Ne vous trompez-vous point?

ALCIDAMAS.

Par cette deffiance
Vous accusez les Dieux de manquer de puissance;
Mais, Seigneur, écoutez ce qu'ils ont fait pour nous,
Et par là connoissez la fin de leur courroux.
Marchant sous la faueur du Dieu qui l'accompagne,
Tisis touchoit déja les bords de la montagne,
Quand voyant tous nos champs couuerts de pauillons,
Tant de corps destachez, tant d'épais bataillons
De nos murs ruinez luy defendre l'entrée,
L'ame de deplaisir & de douleur outrée,
Il tourna vers le Ciel ses yeux grossis de pleurs,
Et par ces tristes mots deplore nos malheurs.
Ie te vois cher païs au bord de ta ruine,
Et pouuant arrester la colere diuine,
Alors que ie te vois sur le poinct de perir
Ie porte ton remede & ne puis te guerir.
O Dieu qui m'as commis ta volonté supréme,
M'abandonneras-tu dans ce besoin extréme?
Non, non, ie sens ton ayde, elle vient à propos.
Au camp des ennemis il s'engage à ces mots,
Et treuuant vn quartier sans beaucoup de defense,
Où le rapide Haly des montagnes s'élance;
Il surprend l'ennemy, l'enfonce, se fait iour,
Le seul fleuue pour lors s'oppose à son retour,
Mais l'extréme danger redoublant son courage,

Il pousse son cheual qui le passe à la nage:
L'ennemy qui le suit confus, épouuenté,
Sur vn pont de bateaux gagne l'autre costé,
Se range sur les bords, couure tout le riuage,
Et luy prepare au port vn asseuré naufrage.

LE ROY.

Dans cette extremité que fera-t'il grands Dieux?

ALCIDAMAS.

La mort de toutes parts se presente à ses yeux,
Dans les eaux, sur la terre, il la voit infaillible:
Mais à tous ces perils son esprit insensible
De l'amour du païs occupé pleinement,
S'il craint en cet estat c'est pour nous seulement.
Cependant le vieux fleuue ennuyé de sa chaine,
Connoissant son vainqueur & celuy de Messene,
Va rendre sur les bords ce precieux fardeau.
L'ennemy qui craignoit de le perdre dans l'eau
Luy fait place, il paroist sur sa natale terre,
Il s'auance, & sentant que l'ennemy l'enserre
Il voit sans se troubler par ce second effort
Dresser superbement l'appareil de sa mort.
Il les preuient, il part, & plus viste qu'vn foudre
D'abord aux plus ardans il fait mordre la poudre,
Les renuerse à ses pieds l'vn sur l'autre entassez,
Et se fait vn rempart de morts ou de blessez,
Les coups marquent du Dieu l'infaillible presence;
Mais

Mais malgré sa valeur, malgré sa resistance,
Contre tant d'ennemis ne pouuant se sauuer
Blessé, mourant il tombe, & l'on court l'acheuer.

ARISTODEME.

Ah! Tisis que ta mort nous va couster de larmes.

LE ROY.

Iustes Dieux!

ALCIDAMAS.

Il alloit expirer sous leurs armes,
Quand du milieu des airs vne terrible voix
Leur fait ouyr ces mots par trois diuerses fois.
Sacrilegues, sauuez le porteur de l'Oracle.
Ces Tigres furieux frappez de ce miracle,
Voyant combien le Ciel prenoit soin de ses iours
Oublient leur fureur, s'offrent à son secours.
Ils vouloient l'emporter dans leur tente prochaine:
Mais Tisis dans l'ardeur de secourir Messene,
Se seruant du pouuoir que luy donnoient les Dieux,
Commande qu'aussi-tost on le porte en ces lieux.
On obeït, il vient enuironné de gloire,
Ses ennemis confus annoncent sa victoire
Par de profonds soupirs & de tristes regards,
Et portent leur vainqueur au pied de nos rempars.
Et c'est là que i'ay sceu ce succez admirable.

LE ROY.

Grands Dieux ! apres vn ſort à ce poinct fauorable
I'oſe tout eſperer.

ARISTODEME.

Graces aux immortels ;
Que de mille preſens on charge leurs Autels.

ALCIDAMAS.

Allons par mille ieux celebrer la iournee
Qui des Meſſeniens change la deſtinee.

LE ROY.

Ah ! ſi pour l'honorer par vn dernier bonheur,
Connoiſſant de quel feu ie brûle pour ta ſœur,
Tu voulois acheuer cet heureux hymenee
Pour qui ſemblent les Dieux marquer cette iournee,
Que ie ſerois heureux ſi dans vn meſme iour
Ie faiſois triompher Meſſene & mon amour.
Car pour rendre auiourd'huy ma victoire acheuée,
Si ie voyois ta ſœur ſur mon trône éleuée
I'irois pour l'affermir par mille exploits diuers,
Vaincre nos ennemis, ſubiuguer l'Vniuers,
Et pour faire par tout regner ma ſouueraine
Ioindre toute la terre aux Eſtats de Meſſene.

ALCIDAMAS.

L'honneur que vous offrez est pour nous trop charmant
Pour le vouloir, Seigneur, differer d'vn moment.
Et puis qu'vn meilleur sort auiourd'huy nous enuoye,
En nous rendant Tisis, tant de sujets de ioye,
Celebrons vn hymen si long-temps desiré,
Qu'vn malheur sans relasche a tousiours differé.
Seigneur par son aveu que le mien authorise,
Si vous le souhaitez, ma sœur vous est acquise.

LE ROY.

Que te pourray-je rendre apres vn tel bienfait?

ALCIDAMAS.

Helas! si mon merite égaloit mon souhait;
Si ce Prince touché des peines que i'endure
Vouloit.

ARISTODEME.

Alcidamas vous me faites iniure.
Quoy? ne sçauez-vous pas que ma fille est à vous?
Ouy, puisque le destin se declare pour nous:
Ce iour si vous voulez verra vostre hymenee.

ALCIDAMAS.

Que ie baise ses mains.

EPEBOLE s'en va.

O cruelle iournee!
Ie l'ayme & pleures.

ALCIDAMAS.

Tisis deuant nos Dieux
Vient exposer l'oracle & mourir à leurs yeux.

SCENE III.

LE ROY, TISIS, ARISTODEME, ALCIDAMAS, EPEBOLE.

LE ROY.

A*H! Tisis.*

TISIS.

Grace au Dieu qui m'a sauué la vie,
Ie reuois mes amis, mon Prince, & ma patrie.
Trop heureux puis qu'encor au dernier de mes iours
Ie leur rends en mourant vn vtile secours.
Que te rendray je, ô Dieu! pour vn bienfait si rare?

ARISTODEME.

Helas!

TISIS.

Qu'à l'adorer vn chacun se prepare.
Peuple Messenien, vous Princes, vous mon Roy,
Oyez, oyez le Dieu qui vous parle par moy.

ORACLE.

Que l'on iette le sort sur les Vierges d'Egypte,
Que l'vne de ce sang immolée au Cocyte,
Aux lieux d'où le Haly precipite ses eaux,
Pour appaiser Androcle, & ses manes funebres,
Sans regret & dans les tenebres
Tombe sous les sacrez cousteaux.

Voila ce que les Dieux m'ordonnoient de vous dire;
Faites leur volonté; qu'on m'emporte, i'expire.
Adieu Roy, Peuple, Amis que ie ne verray plus,
Vsez bien de l'Oracle, ou vous estes perdus.

SCENE IV.

LE ROY, ARISTODEME, ALCIDAMAS, EPEBOLE.

LE ROY lit l'Oracle.

QVe nous demandez-vous? grands Dieux!

ALCIDAMAS.

Aristodeme,
Qu'est-ce cy?

ARISTODEME.

Iustes Dieux sauuez-moy du blaspheme!
Ah! Seigneur.

LE ROY.

C'est à vous que l'Oracle a parlé,
Prince c'est vostre sang qui doit estre immolé.

ARISTODEME.

Les Dieux veulent mon sang, ie veux leur satisfaire,
Pour le sang de la fille offrir celuy du pere;
Je vous l'offre, grands Dieux, acceptez mon trépas;
Mais ie voy bien, cruels vous ne le voulez pas.

Et vous me demandez pour sauuer ma patrie
Vn sang qui m'est plus cher, donc ie te pers Argie;

ALCIDAMAS.

Le Ciel peut la sauuer.

LE ROY.

Quoy cher Prince?

ALCIDAMAS.

Seigneur,
Ma sœur doit aspirer à ce fatal bonheur.
Elle est du sang d'Epyte.

LE ROY.

Ah! frere trop barbare;

ALCIDAMAS.

Mais trop sensible amant.

ARISTODEME.

Le mal qu'on nous prepare
Menace également & ma fille & ta sœur;
Le sort doit disposer d'vn si funeste honneur.
Estant seules du sang propre à ce sacrifice,
Il faudra que pour nous l'vn ou l'autre perisse.

LE ROY.

Ah! que nostre salut nous sera cher vendu.

ALCIDAMAS.

Est-ce là ce secours si long-temps attendu?
Dieux cruels, Dieux sanglans, & vous manes funebres
Qui pour nous tourmenter sortez de vos tenebres;
Androcle objet remply de menace & d'effroy.

LE ROY.

Que ne demandiez-vous qu'on vous offrist vn Roy?

Apres vn tel Arrest qui seroit legitime,
J'eusse esté sans tarder le Prestre & la victime.

ARISTODEME.

L'vn & l'autre ressent vne pareille ardeur.
Ie répons pour ma fille, il répond pour sa sœur.
Puis qu'il faut par leur sang sauuer la Messenie,
Que l'on les iette au sort.

LE ROY.

Dieux! quelle tyrannie?
Que ne nous monstrez-vous quel est nostre desir:
Sans remettre au hazard le pouuoir de choisir.
Faudra-t'il que le sort.

ARISTODEME.

N'importe, qu'il choisisse.
Allons, allons pouruoir à ce grand Sacrifice.

ALCIDAMAS parlant au Roy.

Vous y resoluez-vous?

LE ROY.

Ah! cher Prince.

ALCIDAMAS.

Ah! Seigneur.

LE ROY.

Tu pers Alcidamas ta maistresse ou ta sœur.
Sauuez Merope, ô Dieux!

ALCIDAMAS.

Pour sauuer sa patrie
Si l'vne doit perir, grands Dieux sauuez Argie.

Fin du premier Acte.

ACTE II.

SCENE PREMIERE.

ARGIE, MEROPE.

MEROPE.

ARGIE, à qui le Ciel m'vnit si fortement,
Enfin nous approchons de ce fatal moment,
Ou pour calmer des Dieux la colere obstinée
L'vn ou l'autre doit voir sa course terminée,
Et receuoir au gré des caprices du sort
L'irreuocable Arrest ou de vie ou de mort.
C'est nous seules, c'est nous que l'oracle demande;
Vne Vierge Epityde en doit estre l'offrande.
Si seules nous restons du sang Epytien
On ne luy peut offrir que ton sang ou le mien.
Que si l'vne des deux y doit perdre la vie,
Quelle sera-ce enfin de Merope ou d'Argie?
Dans la necessité de cette triste loy
Ah! ie crains tout pour elle, & ne crains rien pour moy.

ARGIE.

Espargne ma foiblesse, & tache de suspendre
Le noble sentiment d'vne amitié si tendre.
Icy tes sentimens vont affoiblir les miens,
Plus tu crains pour mes iours plus ie crains pour les tiẽs;
Quoy? si c'est vn honneur que le Ciel me destine,
Si ma mort, du païs diuertit la ruine,
Voyant couler mon sang pour vn sujet si beau
Voudrois-tu de tes pleurs arrouser mon tombeau?
Pour moy ie te le dis, malgré cette tendresse
Qui fait que pour tes iours mon ame s'interesse.
Si le Ciel veut ton sang, & neglige le mien,
Ie pleureray mon sort, loin de pleurer le tien.

MEROPE.

Tu voudrois en mourant me conseruer la vie;
Et tu ne peux souffrir que ie te porte enuie,
Ah! c'est faire à ma gloire vne trop dure loy
De vouloir que i'en sois moins ialouse que toy.
Laisse moy cet honneur, & permets que i'espere
De sauuer par ma perte & ma sœur & mon frere,
Amour l'vnit à toy par de si forts liens
Que le cours de ses iours se regle sur les tiens.
Et s'il faut auiourd'huy que tu perdes la vie
La mort d'Alcidamas suiura celle d'Argie.

ARGIE.

Ie ne connois que trop l'amour d'Alcidamas;
Mais s'il plaignoit ma perte, il ne m'aimeroit pas;
Et sa lâche pitié meriteroit ma haine
S'il ne pouuoit la vaincre en faueur de Messene:
Et si par son trépas il osoit luy rauir
Vn bras qui l'a seruie & qui peut la seruir.
Si i'en suis la victime, il doit voir auec ioye
Cet eclatant honneur que le Ciel nous enuoye;
Et loin de l'effacer par de lâches soupirs
Ioindre pour l'obtenir ses vœux à mes desirs.
Que s'il voit que mon sang ne luy soit pas vtile
Qu'il baigne alors du sien les cendres de sa ville;
Pour me faire vn spectacle aussi charmant que beau
Que dessous sa ruine il s'erige vn tombeau.
Que sa propre deffaite égale vne victoire,
Et que mesme en tombant il se couure de gloire.
C'est de ce noble orgueil qu'il se doit enflammer;
Et s'il veut que ie l'ayme, & s'il ose m'aymer.
Ie l'ayme cependant, & mon humeur seuere
En faueur de la sœur a flechy pour le frere.
I'auois peine à souffrir son courage boüillant,
Volage, imperieux, inquiet, turbulent.
Et si pour son amour i'eus de la complaisance;
C'est lors que sa vertu regla sa violence.
Mais ie le haïrois s'il falloit qu'auiourd'huy
Nous rougissions du feu que i'ay conceu pour luy.

Pour le rendre durable autant que legitime
Il faut que son courage égale mon estime.
Si tu vois chere sœur, si tu vois que le Roy
N'ait pas sur ce suiet mesmes pensers pour toy,
Imite mon exemple, & pour viure sans blâme
Dépoüille cette amour qui regne dans ton âme,
Et si pour sa vertu tu daignas l'y placer,
En la voyant perir tâche de l'en chasser...

MEROPE.

Helas!

ARGIE.

Qu'est-ce ma sœur?

MEROPE.

Ie l'ayme, & i'en soupire,
Il regne dans mon cœur comme dans cet Empire,
Et malgré mes efforts ce Monarque absolu
A pris plus de pouuoir que ie n'aurois voulu.
Quoy que ce cœur soit plein de cette illustre enuie
Qui fait qu'auec plaisir ie renonce à la vie;
Ie vois ce beau desir meslé de quelque ennuy,
Et crains également pour mon frere & pour luy.

ARGIE.

Quoy? ma sœur, est-ce ainsi qu'on renonce à la gloire?
Quoy? veux-tu sans combat me ceder la victoire?
Ta generosité si tost s'euanouït?
Et loin de t'éclairer ton amour t'éblouït?
S'il te souuient ma sœur du dessein de l'Oracle,
Ta douleur à ta gloire est vn puissant obstacle,
Il veut que la victime approche de l'Autel,
Et voye auec plaisir tomber le coup mortel.

MEROPE.

Je le vois bien, ma sœur, tu seras la victime,
Les Dieux ne sçauroient faire vn choix plus legitime,
Je ne merite pas vne si belle mort,
Et ce n'est que sur toy que tombera le sort.
Déja le Temple s'ouure, & cet Arrest seuere
Eclate euidemment sur le front de ton pere.

SCENE II.

ARISTODEME, ARGIE, MEROPE.

ARGIE.

MOn pere, qui mourra de Merope ou de moy?

ARISTODEME.

Helas!

ARGIE.

Vous ſoupirez.

MEROPE.

O rigoureuſe loy!
Si i'oſe interpreter ſes ſoupirs & ſa plainte,
J'y vois le triſte effet de ma trop iuſte crainte,
Ie te pers, chere ſœur, comme ie l'ay predit.

ARGIE.

Mon pere, eſt-ce ma mort qui vous rend interdit?
Pouuez-vous, deuenu ialoux de ma victoire,
Par vne iniuſte plainte en effacer la gloire?

ARISTODEME.

Nos maux ne seront point par ton sang effacez.
Non, ma fille, le Ciel ne t'ayme pas assez.
Merope c'est pour vous que le sort se declare,
C'est à vous qu'il reserue vne faueur si rare.
Mais bien que vostre sort me semble & noble & doux
Je ne puis m'empescher de soupirer pour vous,
Voyant que le malheur dont elle est poursuiuie
Doit couster à Messene vne si belle vie.

ARGIE.

O Ciel! qu'ay-je entendu? cet Arrest me surprend;
Et bien que preparee à ce malheur si grand
Je n'en puis sans fremir entendre la nouuelle.

MEROPE.

Hé quoy? vostre vertu vous abandonne-t'elle?
Suiure des sentimens quand vous les condamnez,
C'est bien mal pratiquer ce que vous enseignez:
Rendez-vous à vous-mesme, & que vostre courage
S'oppose fortement à ce dernier orage.

ARGIE.

Je n'ay pû de mes sens vaincre la trahison;
L'amour verse ces pleurs, & non pas la raison;
Au lieu de m'en blasmer, il faut que l'on m'en loüe.
Si mon œil les reprend mon cœur les desauoüe;

Et malgré moy ie donne en cette extremité
Des marques de tendresse, & non de lâcheté.
Non ie ne change point, & mon ame est rauie,
Qu'vn si beau trépas suiue vne si belle vie;
Donc puis qu'il plaist aux Dieux va genereuse sœur
Receuoir vn laurier d'immortelle splendeur,
Auec moins de regret ie pers cette Couronne,
Puisque le Ciel me l'oste afin qu'il te la donne.
Va pendant que ta sœur d'vn esprit plus remis
Partagera ta gloire autant qu'il est permis:
Si ta perte nous sauue, ainsi que i'ose croire,
On me verra iouïr du fruit de ta victoire;
Non ie ne mourray point, mais si mon cher païs
Voit son plus doux espoir & nos desirs trahis
Alors sans plus tarder i'iray ioindre ton ombre,
Et poussant des sanglots & des soupirs sans nombre;
Nous n'aurons desormais de plus doux entretien
Que celuy du debris du nom Messenien.
Non, Sparte n'aura pas le cruel auantage
De me voir soupirer sous vn triste esclauage,
Si les Messeniens secondent mes desseins
Ils ne succomberont que par leurs propres mains.

MEROPE.

De grace esperons mieux de la bonté celeste;
Mon trépas n'aura point de suite si funeste,
Si mon sang n'esteignoit la colere des Dieux
D'adorable qu'ils sont ils seroient odieux.

C'est

C'est crime d'en douter, ils tiendront leur parole.
Mais dans ce doux espoir tout ce qui me console
C'est de voir que l'amour, dont tu brûles pour moy,
Souffre qu'apres ma mort, ie viue encore en toy.
Pour mourir pleinement glorieuse & contente
Il ne me restoit plus que cette douce attente.

ARISTODEME.

Merope, en me voyant de douleur transporté
Cachez mieux cet excez de generosité.
Vostre illustre vertu redouble icy ma peine,
Elle me fait trop voir ce que perdra Messene,
Et iusques à quel poinct va le courroux des Cieux.
Puis qu'il faut l'appaiser d'vn sang si precieux.
Dieux! si ie puis choquer vos decrets sans blaspheme
Vous deuiez demander celuy d'Aristodeme.

MEROPE.

Quoy, Seigneur, mon bonheur vous fait aussi souffrir
Quand la faueur du Ciel me destine à mourir,
Ialoux d'vn si beau sort vous me portez enuie.

ARISTODEME.

Que ne puis-je en mourant vous conseruer la vie?
Messene en mon trépas ne peut perdre que moy,
Mais las! en vous perdant elle perdra son Roy.
Vostre frere ny luy dedans cette occurrence
N'ont pû prés des Autels seconder ma constance,

L'esprit de tous les deux tout noble & grand qu'il est,
N'a pas osé du son voir prononcer l'Arrest.
Pour s'en instruire enfin l'vn & l'autre s'auance;
Ie vous laisse ce soin, i'éuite leur presence.
Et je cours cependant d'vn pas precipité
Remettre les esprits d'vn peuple épouuenté.

SCENE III.

LE ROY, ALCIDAMAS, ARGIE, MEROPE.

ALCIDAMAS.

ARistodeme fuit & se cache à ma veuë,
Ie conçois de sa fuite vn soupçon qui me tuë.

LE ROY.

Qu'en croiray-ie moy-mesme? & qu'en dois-je iuger?

ALCIDAMAS.

Helas! de tous costez, i'ay dequoy m'affliger,
Ou ie pers vne sœur, ou ie pers vne amante,
Tout desir m'est fatal, tout succez m'épouuente:
Cruelle destinee!

ARGIE.

Ah ! ma sœur.

MEROPE.

Ah ! ma sœur.

LE ROY.

Leurs visages sont peints d'vne égale douleur ;
Et dans le triste excez du mal qui les opprime
Ie ne puis discerner qui sera la victime.

ARGIE.

Helas !

ALCIDAMAS.

Doncques le Ciel vous condamne à mourir ;
Est-ce le seul moyen qui nous peut secourir ?

ARGIE.

De grace expliquez mieux mes soupirs & mes larmes,
Dans vn si beau trépas ie trouuerois des charmes.
Il seroit plein pour moy de gloire & de douceur,
Mais tout me semble horrible en celuy de ma sœur ;
C'est par l'arrest du sort qu'elle nous est rauie,
Et le cruel qu'il est me condamne à la vie.

LE ROY.

Eſt-ce à ce rude coup que tu m'as condamné
Grand Dieu? Tombe plutoſt ce trône infortuné.

MEROPE.

Que dites-vous, Seigneur?

ALCIDAMAS.

Ah! ma ſœur, ah! Princeſſe!

ARGIE.

Epargne, Alcidamas, la douleur qui me preſſe:
Si tu m'aymes encor, ſi tu plains mon malheur
Vien ſeconder mes ſoins pour conſeruer ta ſœur.
Adieu, Merope, adieu, ie ſens que mon courage
Cede inſenſiblement à ce dernier orage;
Et malgré mon effort de douleur abbatu
Voit auec deplaiſir chanceler ma vertu.
Va, ſuy l'ordre des Dieux, que rien ne te retienne,
Laiſſe-moy ma vertu ie te laiſſe la tienne.

MEROPE.

Quoy? ſi toſt me quitter? arreſte encor.

ARGIE.

Helas!

MEROPE.

Ayme-moy chere sœur, mesme apres le trépas.
Adieu.

ARGIE.

Prince suy moy dans vn coup si funeste;
Tu tiens entre tes mains tout l'espoir qui me reste.

SCENE IV.

LE ROY, MEROPE.

LE ROY,

V*Ous voulez donc mourir?*

MEROPE.

Grand Prince, qu'est-ce cy!
Loin de me consoler vous m'affligez aussi?
Quand le Ciel à nos vœux deuenu plus propice
Nous retire du bord d'vn affreux precipice,

Eſt-ce d'vn œil ſi triſte & ſi peu ſatisfait
Que l'on doit receuoir vn ſi rare bienfait ?
Ah ! reconnoiſſez mieux cette faueur inſigne ;
En paroiſtre affligé ſeroit s'en rendre indigne ;
Que ſi l'amour produit vn ſi bas ſentiment
Pour eſtre meilleur Roy ne ſoyez plus amant.
Ou bien ſongez pour vaincre vn ſi dangereux zele
Que ie ne puis tomber d'vne cheute plus belle.
Ny ſubir vn trépas plus noble ny plus doux,
Puis qu'il doit conſeruer & voſtre Eſtat & vous.

LE ROY.

Ah ! periſſe plutoſt mon Eſtat & moy-meſme,
I'abandonne pour vous & ſceptre & diademe :
C'eſt vn peſant fardeau que ie n'ay dû porter
Qu'autant qu'il m'a ſerui pour vous mieux meriter ;
Par ce fidelle aveu iugez s'il eſt poſſible
Que ie monſtre à ce coup vn courage inſenſible ;
Quand voſtre mort aſſeure & ma vie & mon rang,
Moy ie refuſerois des pleurs à ce beau ſang ?
Plus vous me témoignez vne ardeur ſi fidelle,
Plus ie me monſtrerois indigne de ce zele,
Plus vous le ſignalez en ces illuſtres ſoins ;
Enfin plus vous m'aymez, ie vous aymerois moins.
Il faut que mon amour comme le voſtre éclate,
Si le Ciel veut qu'icy ie monſtre vne ame ingrate ;
S'il oſe condamner des ſentimens ſi beaux
Qu'il garde ſon remede & nous laiſſe nos maux.

MEROPE.

Craignez que sa bonté ne se change en colere,
Ce transport violent ne peut que luy déplaire,
Si vous osez, Seigneur, resister à sa loy
Vous allez perdre & vous & vostre peuple & moy.
Au lieu qu'en subissant cétte loy souueraine
Ie puis vous conseruer, aussi bien que Messene.

LE ROY.

Il ne sçauroit plus loin estendre son courroux;
Qu'importe qu'auiourd'huy tout perisse auec vous,
Vous me tenez lieu seule & de peuple & d'Empire,
Si ie vous pers mon sort ne sçauroit estre pire.
Ce n'est pas que ie veüille empescher son arrest,
Ie le respecte encor à cause qu'il vous plaist.
Suiuez vostre destin, ie vous laisse à vous-mesme;
Voyez, belle Princesse, à quel poinct ie vous aime;
Ie veux vous imitant deuenir genereux,
Il veut vne victime, & i'en veux offrir deux.
Me voicy resolu de ne pas vous suruiure,
Au moins ne m'a-t'il pas defendu de vous suiure,
Et si ie m'en souuiens son arrest rigoureux
Ne m'oste pas l'espoir qui reste aux malheureux.
Choisissant vostre sang mon trépas luy doit plaire,
L'amour qui nous unit la rendu necessaire,

Et le Ciel qui vous perd par la bouche du sort ;
Auec le mesme Arrest me condamne à la mort.
Il faut pour me sauuer qu'il en choisisse vn autre.

MEROPE.

Donc le fruict de ma mort va perir par la vostre ?
Mon sort en vous quittant me sembloit assez doux
Quand i'osois esperer que ie mourrois pour vous,
Mais par vos cruautez ma mort perd tous ses charmes.

LE ROY.

Vous en devriez trouuer dans la fin de mes larmes ;
Et sçachant que la mort en doit borner le cours
Ne vous pas obstiner à prolonger mes iours,
Est-ce m'aymer ?

MEROPE.

Voyez où l'amour m'a reduite.
J'abhorre mon trépas quand i'en preuois la suite.
Trop sensible pour vous, insensible pour moy,
Ie vois le mien sans peur, le vostre auec effroy.
Qu'ay-ie dit ? ie le dois auoüer à ma honte,
Messene est la plus foible, & mon feu la surmonte,
Voyant que mon trépas vous va faire perir,
Oubliant mon païs i'ay regret de mourir.
Estes-vous satisfait de cet aueu si lâche ?
Ie souffre pour vous seul cette honteuse tache,

Pour

Pour vous ſeul ie me rens par ce zele obſtiné
Indigne de l'honneur qui m'eſtoit deſtiné.

LE ROY.

Que cet aveu charmant ſeroit digne d'eſtime
S'il obligeoit les Dieux à changer de victime,
Et ſi pour ce beau ſang qu'ils exigent de nous
Ou le mien ou tout autre appaiſoit leur courroux.

MEROPE.

Voſtre amour vous aueugle, & ſçait mal ſe defendre;
D'vne indigne pitié qui tache à vous ſurprendre,
Si ce cœur amoureux a bien pû ſurmonter
L'extreme deplaiſir que i'ay de vous quitter.
Quand de laſches penſers vous defendent de viure
Reſiſtez au tranſport qui vous force à me ſuiure.
J'acqueray de la gloire en cherchant le trépas.
Mais la voſtre redouble en ne me ſuiuant pas.
Adieu.

LE ROY.

Vous me quittez.

MEROPE.

Prince il faut s'y reſoudre.

LE ROY.

Elle part, ie la pers, ô dernier coup de foudre
Ie ne puis resister à ton cruel effort,
Et ie tombe déja par la peur de sa mort.
Douleurs, iustes douleurs accablez mon courage,
Et par vn traict mortel acheuez vostre ouurage.

Fin du second Acte.

ACTE III.

SCENE PREMIERE.

ARGIE, ALCMENE.

ARGIE.

Voy? Merope est sauuee! elle ne mourra pas?
Que dans ce changement ie rencontre d'appas!

ALCMENE.

Jgnoriez-vous encor cet important mystere?
Tout le monde l'a sceu.

ARGIE.

Quoy?

ALCMENE.

Qu'Ismire est sa mere.

ARGIE.

Quoy? la Prestresse Ismire?

ALCMENE.

On a long-temps couuert
Aux yeux de tout le monde vn crime qui la perd.
Sçachez donc vn secret caché par son silence.
Ismire ne pouuant sauuer son innocence,
D'vn hymen contracté contre vn vœu solennel,
Et n'osant publier cet acte criminel,
Pour sauuer d'vn affront Ismire & sa famille,
Lisciscus auoüa Merope pour sa fille,
L'asseura dans sa mort, & depuis son trépas
Elle a passé pour sœur du Prince Alcidamas.
Mais Ismire voyant qu'on l'offroit pour victime,
A crû que son silence augmenteroit son crime,
Son zele & sa pitié nous dessillent les yeux.

ARGIE.

Ton amour a formé ce projet glorieux
Fidelle Alcidamas, pour ce bienfait extreme
Que ne te dois-je point!

ALCMENE.

Il s'est seruy luy-mesme,
Il a sauué sa sœur, & sçachez qu'auiourd'huy
Epebole a moins fait, mais plus osé que luy.

Cet estranger.

ARGIE.

Enfin vostre discours m'offense;
Epebole est trop cher à vostre confidence,
Si tost qu'Alcidamas s'offre à mon souuenir
Auec vostre inconnu voulez-vous l'en bannir?

ALCMENE.

Il merite beaucoup, & ie ne m'en puis taire.

ARGIE.

Alcmene, ce discours peut enfin me deplaire,
Croyez-en dauantage, & nous en dites moins.

ALCMENE bas.

Pauure Prince, qu'en vain ie te donne mes soins!

ARGIE.

Mais que fait-on au Temple?

ALCMENE.

On voit la populace,
Ne sçachant par quel sang destourner la menace
Qui dans tout ce païs a porté la terreur,
Se couurir de tristesse & paslir de frayeur.

ARGIE.

Parmy tant d'affligez que fait Aristodeme?
Mais il vient.

SCENE II.

ARISTODEME, ARGIE, ALCMENE.

ARISTODEME.

IE la voy; mon cœur c'est elle-mesme,
Fuyons, fuyons ses yeux, perdons-là sans la voir:
Mais plutost à ses yeux faisons nostre deuoir.

ARGIE.

Hé! bien Seigneur, les Dieux nous ont fait grace entiere,
Leur extreme bonté répond à ma priere.
Ma sœur ne mourra point; que ce succez est doux.

ARISTODEME.

Il l'est pour toy ma fille, & ne l'est pas pour tous.

ARGIE.

Il doit l'estre, Seigneur, puis qu'il est legitime,
Nous nous acquitterons par vne autre victime.

ARISTODEME.

Oüy, sans plus consulter sur ce choix important,
Ie t'apprens que c'est toy que cet honneur attend.

ARGIE.

Cette grace, Seigneur, surpasse la premiere.

ARISTODEME.

Mais le vouloir des Dieux se perd dans la derniere.
Ils demandent du sang, mais par la main du sort
Et de ma propre main ie te liure à la mort.
Ah! lâche, soustiens mieux la grandeur de ton zele;
Si c'est dessein pour toy, c'est vn hazard pour elle.

ARGIE.

Non, ie l'auois preueu, ne me dérobez rien,
Sçachez que vostre choix ne preuient pas le mien.
Quand aux Dieux, pour ma sœur, i'osois demãder grace,
Ie leur offrois vn sang qui peut remplir sa place.
Il est vray que du sort ie tiens ce beau trépas,
Puisque c'est vn bonheur que ie n'esperois pas.
Graces aux immortels, qui pour se satisfaire
Aux desirs de la fille adioustent ceux du pere.

ARISTODEME.

Helas !

ARGIE.

Vous soupirez, est-ce pour nos malheurs ?
Est-ce pour vne mort qui doit tarir nos pleurs ?
La nuë est sur le poinct de creuer sur nos testes ;
Et ie cours au deuant de ses noires tempestes,
Ie suis entre la foudre & les Messeniens,
Et preste d'éclater seule ie la retiens.
Pourray-je de mes iours faire vn plus digne vsage
Qu'en les sacrifiant à ce noble auantage ?
Puis-je aller à la mort par vn chemin plus beau
Qu'en cherchant sur l'autel vn illustre tombeau ?

ARISTODEME.

Ah! ma fille, ah! mon sang, souffre que ie t'embrasse;
Que tu vas esleuer l'honneur de nostre race ?
Pardonne des soupirs, pardonne moy des pleurs
Témoins de ta vertu, mieux que de mes douleurs.
I'ay voulu découurir quelle est ton asseurance,
Par vn traict de foiblesse éprouuer ta constance;
Et par l'impression de ces soupirs forcez
Voir si tes nobles vœux pourroient estre effacez.
Mais ie le reconnois, ô sang d'Aristodeme,
La niepce d'Epytus sera tousiours la mesme;

Ie te

Ie te vois maintenant aller d'vn front égal
Sur les Autels des Dieux souffrir le coup fatal.
Par vn beau sacrifice arrester le tonnerre,
Et noyer dans ton sang le flambeau de la guerre.
Soupçons, & vous soupirs à mon cœur échappez,
Ie vous voy maintenant heureusement trompez.

ARGIE.

Oüy, sans que de ma part vous craigniez quelque obstacle
Vous pouuez hardiment me promettre à l'Oracle.
Ie sçauray comme il faut degager vostre foy,
Et l'on doit s'asseurer & de vous & de moy.

ARISTODEME.

Helas! ta fermeté me surprend & m'estonne.
Voyant tant de vertu, la mienne m'abandonne;
Et ma gloire indignee à peine à m'arracher
Le desir d'vn honneur qui me couste si cher.
Mais, sentimens d'vn cœur à soy-mesme infidele;
Mourez, mourez de honte, & respectez mon zele;
C'est dedans ce combat que vous deuez perir,
Et c'est vaincre pour vous que d'y sçauoir mourir;
Je cours rauir le peuple, & par cette nouuelle
Luy faire ressentir les effets de mon zele.
Apres ce grand effort prens mes derniers adieux,
Ie ne te verray plus qu'entre les mains des Dieux.

SCENE III.

ALCMENE, ARGIE.

ALCMENE.

AH! Madame, est-ce là cette belle iournée
Qui deuoit acheuer cet heureux hymenee ?

ARGIE.

Aimable Alcidamas! ie te pers & te plains,
Insensible à mon mal c'est pour toy que ie crains;
Que si dans cette mort ie trouue quelques charmes
Souuiens-toy qu'en mourant ie te donne des larmes.
Mais il vient, & la ioye éclate sur son front.
Helas! qu'il va souffrir d'vn changement si prompt.
D'où te vient ce transport, & quel Dieu te l'enuoye ?

SCENE IV.

ALCIDAMAS, ARGIE, ALCMENE.

ALCIDAMAS.

Vous pouuez ayſément expliquer cette ioye,
Sçachant que nul bonheur n'a droict de me rauir,
Que celuy ſeulement que i'ay de vous ſeruir.
Les Dieux ſauuent Merope & ſe lauent du crime
D'auoir contre vos vœux choiſi cette victime.
Il eſt vray qu'à ce bien meſlant quelque rigueur,
En ſeruant mon amour ils m'oſtent vne ſœur,
Puiſque pour la ſauuer d'vn trépas neceſſaire
Il a fallu qu'Iſmire ait paſſé pour ſa mere.

ARGIE.

Son merite chez toy luy rend ſon premier rang;
Mais puis qu'enfin les Dieux veulent vn autre ſang,
Afin de m'acquitter de ce bienfait extréme,
Si ie t'oſte vne ſœur ie me donne moy-meſme.

ALCIDAMAS.

Princesse à quel bonheur...

ARGIE l'interrompant.

Si proche du trépas
En te faisant ce don ie ne rougiray pas.

ALCIDAMAS.

Vous parlez de mourir quand vous me faites grace:

ARGIE.

Merope estant sauuee, il faut remplir sa place.

ALCIDAMAS.

I'ay sceu mettre à couuert des iours si precieux,
Estant seule du sang que demandent nos Dieux,
On ne peut par le sort satisfaire à l'Oracle.

ARGIE.

Mon zele genereux a leué cet obstacle.

ALCIDAMAS.

Quoy, Madame, quel zele est iniuste à ce point
D'offrir aux Dieux vn sang qu'ils ne demandent point?

ARGIE.

Ce zele est, comme aux Dieux, à moy-mesme fidelle,
De leur oster ta sœur & de m'offrir pour elle.

ALCIDAMAS.

Auez-vous resolu d'éprouuer mon amour?

ARGIE.

Le salut de Merope a mis ta flame au iour,
Elle paroist assez dans ce bienfait extréme.

ALCIDAMAS.

Appellez-vous bienfait ce qui vous perd vous mesme?
Mais pour vous conseruer i'iray tout découurir,
Et Merope est ma sœur si vous voulez mourir.

ARGIE.

On ne nous trompe pas auec cet artifice.

ALCIDAMAS.

Me traitez-vous, Madame, auec tant d'iniustice?
Donc ie vous ay perduë, au lieu de vous sauuer?
Et par le mesme soin qui vous doit conseruer.
Donc de ma propre main i'immole ma Princesse,
Pour sauuer vne sœur ie pers vne maistresse?
Et pour me mettre encor au poinct de tout souffrir

Vous vous donnez à moy quand vous allez mourir.
Si cet aveu vous rend digne de cette peine,
Reprenez vostre amour, laissez-moy vostre haine,
Que sous le poids mortel de mille deplaisirs
Ce cœur.

ARGIE.

Epargnez-moy d'inutiles soupirs,
Qui ne seruant icy qu'à souiller ma memoire
N'empeschent pas ma mort, & m'en ostent la gloire?

ALCIDAMAS.

Ah! vous ne mourrez point. Que tous les immortels
Soient plutost sans victime ainsi que sans Autels;
Que nos fiers ennemis dessous leur tyrannie
Fassent plutost gemir toute la Messenie;
Que ce mont esbranlé par mille tremblemens
Se renuerse sur moy iusqu'à ses fondemens;
Et pour tout hazarder dans ce peril extreme
Que vous me haïssiez autant que ie vous ayme.
Ne vous estonnez pas d'vn desordre si grand,
Alors que ie vous pers tout m'est indifferent.
Pardonnez toutesfois à mon dernier blaspheme,
Si i'ose en vous perdant m'aigrir contre moy-mesme;
Depiter tous les Dieux, deffier leur courroux;
Ma fureur ne doit pas aller iusques à vous,

ARGIE.

Elle ose toutefois pour ternir ma memoire
Arrester vn dessein qui me couure de gloire;
Quoy? lâche Alcidamas, tu voudrois empescher
Vn trépas que l'honneur me doit rendre si cher?
Le salut du païs, le vœu d'Aristodeme
M'y forceroient sans doute en depit de moy-mesme.
Quand la compassion de tes tendres soupirs
Me pourroit inspirer de contraires desirs.

ALCIDAMAS.

Quoy? vostre pere mesme, ah! fatale auenture,
Ingrat à mon amour autant qu'à la nature.
Luy qui doit estre icy mon vnique secours
A la fureur des Dieux abandonne vos iours.
Voyez iusqu'où le Ciel fait monter sa colere.
Afin de me punir tout me deuient contraire;
Il nous fait voir le sang armé contre le sang,
Et se sert de moy-mesme à me percer le flanc.
Mais malgré tous les Dieux, vostre pere & moy-mesme
Seul ie vous sauueray de ce peril extreme.
I'iray sur les Autels signaler ma douleur,
I'iray vous arracher au Sacrificateur,
Et de quelque façon que ce coup reüssisse
I'iray par mille morts troubler le sacrifice.
On verra par l'effort d'vn amour furieux
Sous des autels brisez les images des Dieux.

Et ces cruels tyrans qu'on peint auec la foudre
Renuersez de leur trône & cachez sous la poudre.

ARGIE.

Ah! ne t'emporte point à ces lâches douleurs,
Et par ton desespoir n'accrois point nos malheurs;
Si tu dois trebucher tombe au moins auec gloire,
Que ton sang soit le prix d'vne illustre victoire,
Ou plutost souuiens-toy que ie porte en ce flanc
Dequoy flechir les Dieux sans y mesler ton sang,
Et que tous deux vainqueurs du malheur où nous sommes
I'appaiseray les Dieux quand tu vaincras les hommes.
Vis doncques pour ta gloire, & malgré ta douleur
Laisse nous vn espoir fondé sur ta valeur,
Et ne nous oste pas par vne mort cruelle
Les effects de ma mort, & le fruict de mon zele.
Si le respect des Dieux, si l'amour de ton Roy
N'empeschent pas ta mort, vis pour l'amour de moy.

ALCIDAMAS.

Ah! pitié rigoureuse! ah! cruelle tendresse!
Qu'ay-ie fait contre vous trop aimable Princesse
Qui vous puisse obliger à prolonger vn sort
Dont l'extreme rigueur est pire que la mort?
Quel crime ay-je commis qui me condamne à viure?
Et qui m'oste auiourd'huy la gloire de vous suiure,
Ou plutost quel motif vous oblige à perir?

Quand

Quand par d'autres moyens on nous peut secourir ?
Si vous m'aimiez.

ARGIE.

Helas! pleust aux Dieux que mon ame
Peust au moins quand ie meurs, te decouurir ma flame.

ALCIDAMAS.

Doncques par cet amour si cher à mes desirs,
Qui fait toute ma ioye & tous mes deplaisirs:
Par cet œil adoré plus craint que le tonnerre
Qui ne deuroit perir qu'auec toute la terre;
Par ce torrent de pleurs dont le deüil des mortels
Doit auec vostre sang arroser nos Autels:
Par l'effroyable objet de cette mort cruelle
Qui frappe mon amour d'vne crainte mortelle;
Par cè grand desespoir.

ARGIE.

Ah! Prince c'est assez,
N'exige pas de moy des sentimens forcez;
Adieu, ie fuis des pleurs qui troublent ma constance,
Te consolent les Dieux que ta douleur offense.

SCENE V.

ALCIDAMAS seul.

ALlez impitoyable, abandonnez ces lieux,
Fuyez vn miserable, & courez à vos Dieux;
A ces Dieux sans amour, à ces Dieux homicides
Du sang des innocens cruellement auides;
A ces Dieux impuissans, dont le secours fatal
Ne peut guerir nos maux que par vn plus grand mal,
Et dont l'oracle obscur qui ne sçait nous apprendre
Quels vœux il faut former, quel sang il faut repandre,
Nous faisant immoler ce qu'il faut conseruer,
Nous fait soüiller d'vn sang qui nous devroit lauer.
Mais où m'emportez-vous inutiles blasphemes,
Vous me secourez mal dans ces malheurs extremes;
Enleuons vn tresor que l'on nous veut rauir:
Mais helas! c'est la perdre au lieu de la seruir.
Ie vois luire par tout le flambeau de la guerre,
Et c'est ici pour nous le seul bout de la terre.
Donques par des efforts qui me seront permis
Eclate ma fureur contre nos ennemis.
Et qu'vn torrent de sang qu'on peut verser sans crime
Nous épargne le sang d'vne seule victime.

Si tes vœux, iuste Ciel, ne sont pas satisfaits,
Si ton courroux encor resiste à nos souhaits,
Nos exploicts t'apprendront qu'en l'estat où nous sommes
Nous pouuons triompher & des Dieux & des hommes,
Et que sans se fier à quelqu'autre pouuoir
On peut tout esperer d'vn iuste desespoir.
Cher & noble dessein, mais dessein temeraire,
Seul, sans aucun secours, quel effort puis-je faire
Epebole?

SCENE VI.

EPEBOLE, ALCIDAMAS.

EPEBOLE.

AH! Seigneur, ie ressens vos douleurs.

ALCIDAMAS.

N'as-tu, contre mon mal, que le secours des pleurs?
Il faut tout hazarder pour sauuer la Princesse.

EPEBOLE.

Mon cœur pour son salut à ce poinct s'interesse,
Que si vous consentez à ce que ie feray,
Ie vous promets, Seigneur, que ie la sauueray.

ALCIDAMAS.

Oüy, ie consens à tout pour secourir Argie.

EPEBOLE.

Vostre aveu me suffit pour luy sauuer la vie;
Mais peut-estre il vous nuit plus que vous ne pensez.

ALCIDAMAS.

Qu'elle viue.

EPEBOLE.

Craignez.

ALCIDAMAS.

N'importe.

EPEBOLE.

C'est assez.

Fin du troisiesme Acte.

ACTE IV.

SCENE PREMIERE.

MEROPE, ALCIDAMAS, ARISTODEME, LE ROY.

MEROPE.

QVoy Seigneur? quoy mon frere est-ce ainsi que l'on me iouë?
Est-ce pour me sauuer que l'on me desauoüe?
Ah! loin de me sauuer par ce sanglant affront
Vous rendez mon trépas plus funeste & plus prompt.
Souffrez, loin de m'oster vn honneur si sublime,
Puisque ie dois mourir, que ie meure en victime.
Et toy frere trop lâche, amant plein de rigueur
Regarde par quel soin tu rachetes ta sœur.

ALCIDAMAS.

Ah ! ma sœur !

MEROPE.

Par ce nom que m'a rendu mon frere,
Apprenez que ma mort est vn coup necessaire,
Qu'on ne songe donc plus d'offrir aux immortels
Que ce sang, que le sort destine à leurs Autels.
Que tarde-t'on ?

ALCIDAMAS au Roy.

Seigneur.

LE ROY.

Foible & lâche tendresse !
Tu trahis ton païs pour sauuer ta maistresse,
Veux-tu pour luy rauir l'honneur de ce trepas,
Offrir aux Dieux vn sang qu'ils ne demandent pas ?
Exposer de noüueau ta malheureuse terre
A de maux plus cruels que celuy de la guerre.
à Aristodeme. *Prince, helas ! à quel poinct l'emporte sa douleur ?*

ARISTODEME.

Pers, pers, Alcidamas, ou regle ton ardeur.
En vain pour destourner le trépas de ma fille
Tu veux faire rentrer Merope en ta famille,
Elle n'est point du sang dont l'Oracle a parlé ;

Et le mien seulement luy doit estre immolé.
Ne nous enuiez pas vn honneur si funeste
Merope, & iouyssez du bonheur qui vous reste,
Mon Prince vous doit rendre en vous donnant sa foy
Plus d'éclat qu'on n'en tire à descendre d'vn Roy.
Vous amant genereux, monstrez cette grande ame, à Alcidamas.
Secondez noblement le zele qui m'enflame,
Ne vous dérobez pas cet éclat glorieux;
Consentez au present que nous faisons aux Dieux:
Et si pour le païs vostre cœur s'interesse,
Si ie donne mon sang, donnez vne maistresse.
Que le pere & l'amant triomphent en ce iour,
Moy des forces du sang, vous de celles d'amour.

ALCIDAMAS.

Ne vous estonnez pas dans cette coniончture
Si vous voyant trop fort à vaincre la nature,
Et prodigue d'vn sang qu'on destine à l'Autel,
Ie me monstre ennemy d'vn zele si cruel.
Tout interest me choque, & tout deuoir me blesse,
S'il m'ose conseiller de perdre vne maistresse.
L'amour, ce Dieu puissant est vn tyran jaloux
Qui ne cede iamais le droict qu'il a sur nous.
Ne pensez pas pourtant qu'vne ardeur criminelle
Enuers nostre pays refroidisse mon zele;
En sauuant vostre sang, ie sauue le païs,
Ie veux vaincre vne erreur qui vous auroit trahis.

Appaisez-vous le Ciel par vne iuste offrande ?
Donnez-luy comme moy le sang qu'il vous demande,
Puis qu'il faut vous flechir par la mort de ma sœur,
Detrompez les grands Dieux d'vne fatale erreur.

LE ROY.

C'est trop, Alcidamas, cette ardeur obstinee
Par les Dieux, par vous mesme, est déja condamnee.

ARISTODEME.

Souffrez donc qu'vn trépas trop long-temps attendu
Rende à mon sang l'honneur que Merope a perdu.

LE ROY.

Dieux! si par vn tel sang il faut vous satisfaire
Acceptez vne fille offerte par son pere.

MEROPE.

Ah Seigneur!

ALCIDAMAS.

Ah! grand Roy i'embrasse vos genoux.

LE ROY.

Voulez-vous de nos Dieux irriter le courroux?
Du moins pour meriter l'effect de sa parole,
Differez cette plainte au retour d'Epebole,

Il est

Il est dedans le camp pour voir nos ennemis,
Et ses soins obtiendront ce qu'il nous a promis.
Mais ie le voy qui vient.

SCENE II.

LE ROY, ARISTODEME, EPEBOLE,
ALCIDAMAS, MEROPE.
Troupe des Gardes.

LE ROY.

H*E! bien amy fidelle*
As-tu veu Theopompe? & Sparte flechit-elle?

EPEBOLE.

Tout incline à la paix.

LE ROY.

Ce succez me surprend;
Et i'admire vn miracle & si prompt & si grand.

EPEBOLE.

Vous en verrez vn autre en lisant cette lettre,
Puis vous sçaurez d'Arcas les desseins de son maistre.

LE ROY lit la lettre.

Puisque les Dieux enfin rendent à nos souhaits
Vn fils long-temps caché sous le nom d'Epebole:
Qu'il dispose à son gré du traicté de la paix;
Mais pour mieux asseurer la foy de ma parole
Et pour haster l'effect de mes iustes desseins
Ie le remets entre vos mains.

THEOPOMPE.

Ah Cresphonte!

ARISTODEME.

Ah! Prince incomparable.

ALCIDAMAS à Cresphonte.

Dieux que vostre retour me sera fauorable,
Que ne puis-je, Seigneur, en cet heureux moment
Egaler les effets à mon ressentiment?

LE ROY.

Mais, Prince, quel motif ou quelle deffiance
Vous ont fait si long-temps cacher vostre naissance?

CRESPHONTE.

Apprenez, apprenez ce qu'a fait mon amour.
I'estois auprés d'Androcle inconnu dans sa cour,
Où l'on vit vostre pere exposer cette terre
Au succez incertain d'vne si longue guerre.
Androcle en ma faueur trauersant son dessein
Il vint nous attaquer les armes à la main;
Dans ce desordre affreux où l'vn & l'autre Prince
En deux puissans partis arma cette Prouince;
Androcle succombant sous le premier effort
Ie suiuis sa disgrace, & ie passay pour mort.
Mon pere qui le crût arme auec diligence,
Et vient dans tous ces lieux signaler ma vengeance.
Tandis i'aymois Argie, & sa possession
Bornoit toute ma gloire & mon ambition.
Ie r'entre en vostre Cour, où mon amour fidelle
Par des vœux seulement se declaroit pour elle,
Sçachant qu'Alcidamas ce Prince genereux,
Par l'espoir d'vn hymen s'opposoit à mes vœux:
Mais mon pere auiourd'huy fauorable à ma peine
Remettant dans mes mains les Estats de Messene,
J'ose me declarer, & ie puis mettre au iour
Ma naissance & mes vœux, ma gloire & mon amour.
Vous donc, Roy magnanime, & vous Aristodeme
Monstrez vn cœur sensible à mon ardeur extréme,
Et si ie m'offre à vous auec trop peu d'appas
Considerez la main qui vous rend vos Estats.

Et qui s'interessant pour le salut d'Argie
Vient poser à ses pieds toute la Messenie.

ALCIDAMAS.

Dieux! qu'est-ce que i'entens?

LE ROY.

Ah! Prince genereux
Qui pourroit iustement s'opposer à vos vœux?

ARISTODEME.

à Alcidamas. *Ou le trône ou l'Autel attendent ta maistresse,*
Cher Prince, si pour nous ta pitié s'interesse,
Puisque tu ne sçaurois la conseruer pour toy,
Garde-là de perir, & pour elle & pour moy.

ALCIDAMAS.

Où me reduisez-vous, Cresphonte, Aristodeme?

ARISTODEME.

La veux-tu voir perir?

ALCIDAMAS.

Non, qu'elle viue, & l'ayme.

ARISTODEME.

Je vay la disposer à ce rare bonheur.

MEROPE.

Mon frere...

LE ROY.

Laissez-luy digerer sa douleur,
Si son cœur est touché de la perte d'Argie
Il doit baiser la main qui luy sauue la vie.

CRESPHONTE.

Que ie souffre en voyant les maux que ie luy fais:

LE ROY.

Ie vais auec Arcas consulter de la paix.
Venez, vous que le Ciel destine à ma Couronne
Receuoir vostre part des soins qu'elle me donne. à Merope.

SCENE III.

ALCIDAMAS, CRESPHONTE.

ALCIDAMAS.

EST-ce là ce secours que vous m'auiez promis,
Amy plus dangereux que tous nos ennemis,

CRESPHONTE.

Ah! Prince pardonnez à l'excez de ma flame;
Ie n'attens de vos feux ny reproche ny blâme,
Ce n'est pas contre vous que i'ose disputer
Vn bien que vostre amour pouuoit seul meriter,
Ce n'est qu'à vos malheurs que ie dérobe Argie,
Et sans considerer en luy sauuant la vie
A qui peut, ou seruir, ou nuire cet effort;
Par vn zele amoureux ie l'arrache à la mort.
Ie sçay qu'en la sauuant de ce peril extreme,
Apres l'aueu du Roy, celuy d'Aristodeme,
Ie la puis iustement disputer contre tous;
Toutesfois ie ne veux la tenir que de vous.

ALCIDAMAS.

Helas! cette bonté rend mon tourment plus rude,
Je fais ce que ie puis pour fuïr l'ingratitude,
Mais ne pouuant ceder ny retenir mon bien,
Quand ie veux tout donner ie ne vous donne rien.
Apres l'aueu du Roy, celuy d'Aristodeme,
La Princesse arrachee à ce peril extréme,
Ie vous cede, Seigneur, vn bien qui m'est si cher,
Et c'est moy toutesfois qui dois vous l'arracher.

CRESPHONTE.

Quoy? vous me l'osteriez apres l'auoir cedee;
Quand ce n'est qu'en priant que ie l'ay demandee.

ALCIDAMAS.

Vn obstacle secret vous oste ce present;
Ie suis iuste, Seigneur, si ie fus complaisant;
Je l'ay teu par respect deuant Aristodeme,
Et ie deurois encor le cacher à vous-mesme,
Si ie ne sçauois bien qu'vn aueu genereux
Doit borner vn respect qui nuiroit à tous deux.
N'esperez plus, chassez vne flame obstinee.

CRESPHONTE.

Comment?

ALCIDAMAS.

Elle est à moy par les loix d'hymenée.

CRESPHONTE.

Que ces mots sur mon cœur font vn puissant effet,
Et qu'ils vous vangent bien du mal qu'on vous a fait.
Hé bien! il faut quitter des esperances vaines,
Iouyssez de mes soins, & du fruict de mes peines.
Ingrat Aristodeme où me reduisez-vous?
Si vous m'auez charmé par vn espoir si doux,
Regardez ce que souffre vne amour méprisée;
Et par vn faux espoir lachement abusée.
Ah! ce n'est pas ainsi qu'il en falloit vser,
Il falloit me conduire, & non pas m'abuser.
Et si vous negligiez de soulager ma peine,
Vous deuiez respecter le maistre de Messene.
Mais puis qu'il faut agir auec des ingrats
Si vous gardez vos biens, rendez-moy vos Estats,
Si vous vouliez la paix vous me rendriez Argie,
Sans m'oster pour iamais le repos de ma vie.

ALCI-

ALCIDAMAS.

Si c'est vn coup du sort qui nous rend malheureux,
Plus nous sommes ingrats, rendez-vous genereux.

CRESPHONTE.

Qu'il est doux d'inspirer vne si noble enuie
Quand on se peut vanter de posseder Argie ;
Mais non, ie vay treuuer l'auteur de mes malheurs,
Et tacher d'égaler sa honte à mes douleurs.
Oüy, Prince, il apprendra, l'ingrat Aristodeme,
A quel poinct m'a choqué son lache stratageme,
Ie vay luy declarer son crime & mon malheur,
Et le mettre en estat de craindre ma douleur.

SCENE IV.

ALCIDAMAS seul.

HElas! de tous costez ma peine est infinie,
Par tout, cruel destin, ie sens ta tyrannie.

Ie veux par l'imposture asseurer mon amour;
Et ce crime me perd, si l'on le met au iour.
Où me suis-je emporté? qu'ay-ie fait temeraire?
Mais enfin qu'ay-ie fait que ie ne deusse faire,
Si la Princesse osoit condamner cet effort
I'aurois pour l'appaiser mon amour, ou ma mort.
Mais Dieux de quel transport est-elle possedee?
Euitons.

SCENE V.

ALCIDAMAS, ARGIE.

ARGIE.

FVis, ingrat, apres m'auoir cedee
Mais sçache que ce don te doit estre fatal,
Non que par mon aveu ie sois à ton riual;
Mais ie sors de tes mains, & ie veux qu'il m'obtienne
De ma main seulement, & non pas de la tienne.
Va perfide.

ALCIDAMAS.

Ah! Madame, écoutez vn moment
Donnez plus de matiere à ce ressentiment,

Ecoutez, écoutez vn aveu temeraire,
Non celuy que i'ay fait, mais que ie deuois faire,
Connoissant son merite autant que mes defaux,
Et ce que vous valez, & le peu que ie vaux,
Sçachant bien que sans luy vous me seriez rauie,
Que pour payer des soins qui vous sauuent la vie,
C'est luy seul maintenant qui vous doit posseder,
Sans honte, & sans regret ie deuois vous ceder.
Ie l'ay fait par respect aux yeux de vostre pere,
Si cet aveu contraint aigrit vostre colere,
Princesse, ce present ne peut m'estre fatal,
Puisqu'au mesme moment ie l'oste à mon riual.
Par force, ou par iustice il vous rend à ma flame.

ARGIE.

Pardonne, Alcidamas.

ALCIDAMAS.

Ecoutez tout, Madame,
C'est à moy qu'il vous rend, mais las le croirez-vous?
Non comme à son riual, mais comme à vostre époux.
Cet hymen supposé m'a rendu ma Princesse.

ARGIE.

Qu'entens-je? ah! c'est ainsi que tu perds ta maistresse,
Tu deuois m'obtenir en ce fatal moment
Non de ta trahison, mais de moy seulement.

Dois-je cherir des feux qui me couurent de honte,
Qui par le crime seul triomphent de Cresphonte,
Et qui par vn affront à mon honneur fatal
Me donnent plus d'horreur que ceux de mon riual.

ALCIDAMAS.

Vangez-vous, vangez-vous & punissez mon crime,
Mon amour qui l'a fait vous offre la victime,
Si deuant d'autres yeux il le faut expier
Je répandray mon sang pour vous iustifier
Et deuant mon riual, & deuant vostre pere.

ARGIE.

Quoy? mon pere l'a sceu, Dieux! quelle est sa colere?

ALCIDAMAS.

Ie vay pour l'appaiser mettre mon crime au iour.
Cependant pardonnez ce crime à mon amour.

ARGIE.

Ah! ie ne fais point grace à qui m'oste mon pere,
Et sans plus differer ie vay le satisfaire.

ALCIDAMAS.

Madame.

ARGIE.

Laisse-moy.

ALCIDAMAS.

Ie ne vous quitte point.

ARGIE.

Cette obstination me pique au dernier poinct.

ALCIDAMAS.

Quoy? ie vous quitterois sans auoir vostre grace.

ARGIE.

Va, ce n'est pas ainsi qu'vn tel affront s'efface.

SCENE VI.

ALCIDAMAS seul.

NOn, non, pour m'en lauer, Princesse, il faut mourir,
C'est le seul desespoir qui me peut secourir,
Mais au moins en suiuant vne si noble enuie
Trenchons auec honneur vne honteuse vie.
Portons sur l'ennemy ce sanglant desespoir,
Pour redoubler ses coups faisons-en vn deuoir.
Oüy, considere toy comme chargé des crimes
Qu'on ne peut expier que par mille victimes.
Et pour accroistre encor l'effet de tes douleurs
Cruel regarde en toy l'auteur de nos malheurs.
Mais aussi souuiens-toy qu'vne illustre victoire

Doit effacer ta honte & racheter ta gloire.
Affranchir ce païs, flechir les immortels,
Vanger l'honneur du trosne, & celuy des Autels,
Rejoindre heureusement la sœur auec le frere,
Et rendre à son amour, & la fille & le pere.
Engageons nostre Roy dans vn si beau dessein,
Qu'il seconde le Dieu qui regne dans mon sein,
Si ie luy rens Merope; il doit me rendre Argie,
Qu'il serue mon amour auec la Messenie,
Qu'il rompe auec honneur vn funeste traicté
Sans attendre ce coup d'vn riual depité.
Aussi bien cette paix n'est qu'vne fausse amorce,
S'il l'a faut acquerir, gagnons-là par la force.
Reprens tous tes Estats ambitieux riual,
L'offre que tu nous fais est vn present fatal,
Moins digne de nos vœux qu'il ne l'est de nos larmes,
Nous nous affranchirons par l'effort de nos armes.
Que s'il faut succomber sous la hayne des Cieux,
Tu pourras triompher, mais non pas à nos yeux.

Fin du quatriesme Acte.

ACTE V.

SCENE PREMIERE.

MEROPE, CRESPHONTE, ALCMENE.

CRESPHONTE.

Erope, quel effroy trouble vostre visage?
I'y lis d'vn grand malheur quelque nouueau presage.

MEROPE.

Mais que puis-je moy-mesme en ce funeste iour
Iuger de nostre sort & de vostre retour?
Venez-vous releuer ou destruire Messene?
Portez-vous en ces lieux ou l'amour ou la hayne
Et le cruel depit qui vous en a chassé
Par vn contraire effect sera-t'il effacé?
Vous ne répondez rien.

CRESPHONTE.

Lisez dans mon silence
De vos maux redoublez l'extreme violence :
Sparte est victorieuse, & vous estes deffaits.

MEROPE.

Helas !

CRESPHONTE.

I'auois dessein de couronner la paix,
Et bien que mon depart fist craindre vn sort contraire,
Malgré l'affront receu Messene m'estoit chere ;
Mais vostre Alcidamas a mal interpreté
Vn depart innocent, mais trop precipité.
Iettant l'esprit du Roy dans les mesmes alarmes,
Il l'a mesme obligé de recourir aux armes.
A peine estois-je au camp qu'ils ont fondu sur nous,
Poussez d'vn mesme esprit & d'vn mesme courroux.
Ainsi leur desespoir a destruit mon ouurage.
Je ne vous diray point ce qu'a fait leur courage,
Contemplant les grands coups de ces deux furieux,
I'ay long-temps soupçonné le raport de mes yeux.
Mais ce n'est rien au prix du grand Aristodeme,
Ie le meconnoissois, ce n'estoit plus luy-mesme.
M'approchant il m'a dict, mais d'vn ton affligé,
Ie suis content, Cresphonte, & vous estes vangé.
A ces mots ie l'ay veu partir comme vn tonnerre,
Et semblable au demon qui preside à la guerre,

Rompre

Rompre nos eſcadrons, voler de rang en rang,
Et combler tout le camp de deſordre & de ſang.
Par des corps entaſſez il marque ſes veſtiges,
Et le Sparte confus de ces ſanglans prodiges,
N'a ſoin que d'euiter les redoutables coups
Dont ſon bras les moiſſonne en ſon boüillant courroux.
Cette grande ame enfin de douleur accablee
Se dérobe à ma veuë entrant dans la meſlee;
Mais comme ie cherchois ſes pas victorieux
Ie voy voſtre grand Roy tomber deuant mes yeux.

MEROPE.

Helas!

CRESPHONTE.

A cet objet le Sparte prend courage,
Et pour mieux aſſouuir ſa belliqueuſe rage,
Si mes ſoins vigilans ne l'euſſent conſerué
Des bras de ſes ſujets il l'auroit enleué.
De cet illuſtre Roy le corps plein d'ouuertures
Au defaut de la voix parle par ſes bleſſures;
Et ſemble s'écrier, ſauuez-moy de leurs mains.
Et ma langue & mon bras ſecondent ſes deſſeins.
Ie repouſſe les vns, & i'anime les autres;
J'arreſte nos ſoldats & i'exhorte les voſtres.
Quoy, dis-je, ſouffrez-vous qu'on vous enleue vn Roy?
Et pour qui meurt pour vous manquerez-vous de foy?

Ce discours fait cesser la frayeur qui les trouble;
Leur ame s'affermit, & leur pitié redouble.
Enfin pour seconder leur genereux effort
Abandonnant les miens ie l'ameine en ce fort.

MEROPE.

Donc ie le puis reuoir.

CRESPHONTE.

Il ne vit plus, Madame,
Dans mes bras, à mes yeux, ce Prince a rendu l'ame.

MEROPE.

Il ne vit plus! ô mort que ie ne puis souffrir!

CRESPHONTE.

Oyez ce qu'il a dit sur le poinct de mourir.
Si i'ay pû voir, dit-il, vos Autels sans victime,
Souuenez-vous, grãds Dieux! que l'amour fist mõ crime.
Que s'il a pû choquer vostre gloire & mon rang
Pour pouuoir l'expier ie vous offre mon sang.
Puis se tournant vers moy m'adresse ce langage.
Cresphonte, me dit-il, dont l'illustre courage
A paru si souuent pour les Messeniens,
Et qui pour les seruir abandonnas les tiens,
S'il reste de ce zele vn rayon dans ton ame
Pren soin des beaux objets de nostre chaste flame.

Qu'Argie & que Merope en cette extremité
Eprouuent iusqu'au bout ta generosité ;
Sois außi doux vainqueur que defenseur fidelle;
Si ie ne puis la voir ny prendre congé d'elle,
Et si le Ciel me traite auec tant de rigueur,
Luy decouurant mon sort, découure luy mon cœur.
Dy-luy que les malheurs où le Ciel l'abandonne
M'affligent beaucoup plus que la mort qu'il me donne,
Et que i'estimerois mon destin trop heureux
Si sa rigueur rendoit le sien moins rigoureux,
Qu'elle apprenne ma mort, mais qu'elle s'en console.
Merope... ce cher nom luy coupe la parole,
Sa paupiere se ferme à la clarté du iour,
Et son dernier soupir parle de son amour.
Mais enfin...

MEROPE l'interrompant.

Permettez à ma douleur extreme
Que i'aille à ce grand Roy rendre l'honneur supreme;
Ne m'accompagnez point, ce funeste deuoir
Loin de me consolér croistroit mon desespoir:
Gardez pour vos malheurs toute vostre constance,
Vous en auez besoin dedans cette occurrence.
Vous n'estes mieux traité, ny plus heureux que moy.

CRESPHONTE.

Quel coup peut s'égaler à la perte du Roy?

MEROPE.

Adieu.

SCENE II.

ALCMENE, CRESPHONTE.

CRESPHONTE.

Silence obscur que ie ne puis comprendre!
à Alcmene. *Explique à mon amour ce que ie viens d'entendre,*
C'est luy seul, c'est luy seul qui craint à cette fois.

ALCMENE.

Que n'estois-je sans yeux? que ne suis-je sans voix?
Pour ne pas raconter cette étrange disgrace?

CRESPHONTE.

Parle, & n'amoindris pas le coup qui me menace.

ALCMENE.

A peine Aristodeme, enflamé de courroux,
Que sa fille vous eust dedaigné pour époux,

Euſt ſceu d'Alcidamas le diſcours temeraire,
Par le funeſte aueu que vous veniez d'en faire;
Qu'il eſtima qu'Argie apres l'auoir aimé
Auoit ſans ſon aveu cet hymen conſommé.
Plein de ce ſentiment il entre dans le Temple;
Mais auec vn tranſport qui n'eut iamais d'exemple,
Son eſprit en deſordre, & ſes yeux égarez
Ne ſçauent où guider ſes pas mal aſſeurez.
Il paroiſſoit aux miens plus grand que de couſtume:
D'vne maligne ardeur ſon viſage s'allume,
Son cœur gros de ſoupirs l'vn par l'autre opprimez
N'exhale ſa douleur qu'en ſanglots mal formez,
Quelquesfois immobile, & puis tout hors d'haleine
Il s'arreſte tantoſt, & tantoſt ſe promene;
Quelquefois vers la terre il attache ſes yeux,
Puis par de longs regards ſemble percer les Cieux.
Enfin ſon corps tremblant, & ſon ame inquiete
Cherchant à demeurer dans vne ferme aßiette
Il vient ſe proſterner aux marches de l'Autel,
Comme pour y ſouffrir le dernier coup mortel.
Puis tout à coup de terre il releue ſa veuë,
Et du grand Iupiter regardant la ſtatuë,
Ne pouuant autrement exprimer ſes douleurs
Luy parle quelque temps par vn torrent de pleurs.
Sa voix dedans ſon ſein trop long-temps retenuë
Comme vn foudre enfermé dans celuy de la nuë,
Rompt enfin ſa priſon, & par vn triſte éclat
Ouure de ſon eſprit le deplorable eſtat.

Dieu, dit-il, qui voyez qu'vne fille infidelle
Viole vos decrets & s'oppose à mon zele,
Que n'exterminez-vous pour vanger nostre honneur
Cette ame subornee auec son suborneur ?
Vous deuez proteger vostre gloire & la mienne,
Vangez-vous, vangez-moy, que rien ne vous retienne,
Si le Roy les soustient, qu'il sçache que les Rois
Tiennent de vous leur force, & sont dessous vos loix,
Si vous ne daignez pas faire vn tel sacrifice,
Seruez-vous de mon bras pour ce sanglant office;
Donnez-moy, s'il se peut, vostre foudre à lancer,
Et bien-tost à vos pieds ie vay les renuerser.
Il finissoit ces mots; quand sa fille tremblante
Pour monstrer à quel point elle estoit innocente,
La voix luy defaillant au fort de ses douleurs
Vient fondant à ses pieds les lauer par ses pleurs;
Cet abord le surprend, & la voyant muette
Il est de ce silence vn mauuais interprete,
Prend son estonnement pour vn aveu secret,
Et d'vn œil indigné ne la voit qu'à regret.
Puis soudain transporté comme d'vn zele extreme;
Ie t'adore, dit-il, diuinité supréme,
Et te rendray sans cesse vn honneur immortel,
Puis qu'enfin tu conduis la victime à l'Autel.
I'entens ce que tu veux, ou Vierge ou violee
Ma fille par mes mains te doit estre immolee,
Et doit perdre la vie en ce fatal moment
Pour le bien du païs, ou pour son chastiment.

CRESPHONTE.

Je fremis.

ALCMENE.

A ces mots il tire son épee,
L'ame de desespoir & de rage occupée,
Et fermant son oreille aux tendresses du sang
D'vne main parricide il luy perce le flanc.

CRESPHONTE.

O prodige d'horreur! ô monstre de nature!

ALCMENE.

Son sang sort de sa playe, & sortant il murmure.
Mais malgré sa foiblesse embrassant ses genoux,
Sa fille tâche encor à flechir son courroux,
Pour ne pas l'écouter il destourne sa veuë,
Plus que le coup mortel cette rigueur la tuë,
Et voyant qu'il échappe à ses bras languissans
S'efforce à l'arrester par ces tristes accens.
Pour le moins quand ie meurs écoutez-moy mon pere,
Dans l'estat où ie suis ne sçaurois-je vous plaire?
Contez vostre vengeance & repaissez vos yeux
De la perte d'vn sang qui vous est odieux.
Souffrez qu'il puisse aumoins lauer mon infamie.
Sa voix réueille enfin la nature endormie,

Il commence à la voir d'vn œil plus adoucy.
Tout ce qu'elle ressent, il le ressent aussi.
A ce soudain bonheur que le Ciel luy renuoye,
Argie alloit mourir par vn excez de ioye,
Mais le desir de voir ses parens detrompez
R'appelle les esprits qu'elle auoit dissipez.
Au poinct qu'auec le corps l'ame faisoit diuorce
Par vn soudain miracle on voit croistre sa force,
Et pousser ce discours pour se iustifier
D'vn soupçon que son sang ne pouuoit expier.
Je ne suis plus, dit-elle, en estat de rien feindre,
Car enfin en mourant qu'est-ce que ie puis craindre?
Aussi ne crains-je point, arbitres immortels,
De iurer à mon pere, & deuant vos Autels
Qu'Alcidamas a feint le crime qu'il m'impose,
Iustes Dieux! si ma mort merite quelque chose
Des-abusez mon pere, & souffrez qu'auiourd'huy
Ie paye en expirant pour Messene & pour luy;
Ses vœux sont exaucez, cette belle victime
Tombant dedans son sang se laue de son crime.

CRESPHONTE.

Et vous l'auez souffert, Dieux! insensibles Dieux!

ALCMENE.

ALCMENE.

Quand les siens sont fermez son pere ouure les yeux,
Et voit dessus l'Autel pour comble de miseres
Son innocence écrite en sanglans caracteres.
Alors le desespoir s'emparant de son cœur
Il deuient à luy-mesme vn objet plein d'horreur,
Il se fuit, & voulant s'éloigner de son crime
Il sort, puis reuenant, innocente victime
Prens, dit-il, dans ces pleurs, prens mes derniers adieux.
Se leuant à ces mots il échape à nos yeux,
Il court sur l'ennemy.

CRESPHONTE.

N'en dis pas dauantage,
I'ay veu dans le combat ce qu'a fait son courage,
Mais s'il auoit alors mille traits à lancer,
C'est par moy, c'est par moy qu'il deuoit commencer.
Si i'échappe belle ombre aux traits de vostre pere,
Souffrez que par mes mains i'aille vous satisfaire;
Toy conduis-moy de grace auprez de son tombeau.
Mais ie voy dans le Temple vn spectacle nouueau.

SCENE III. & derniere.

ALCIDAMAS, ALCMENE, CRESPHONTE.

ALCIDAMAS.

PVis que les ennemis ſont maiſtres de la ville,
Grands Dieux qui m'accordez ce Temple pour azile
Souffrez pour m'affranchir de la honte des fers
Que ie retrouue Argie alors que ie la pers;
Que vois-je?

CRESPHONTE.

Ah! pauure amant d'vne illuſtre Princeſſe,
Que ie te plains!

ALCIDAMAS.

Approche, & vien voir ta maiſtreſſe;
Voy le triſte cercueil où ſon corps eſt reduit,
Voila de noſtre amour le deplorable fruit,
Par les mains de ſon pere elle a perdu la vie;
Mais c'eſt plutoſt par nous qu'elle luy fut rauie

C'est ma lâche imposture, & ma ialouse humeur,
C'est ton zele, cruel, qui luy perça le cœur,
Mais ie dois expier & l'vn & l'autre crime,
De ses manes sacrez ie seray la victime;
Iouïs, iouïs du trône où t'appellent les Dieux,
Apres la mort d'Argie il m'est trop odieux,
Sur le corps de son Roy Merope l'a suiuie,
Son pere en combattant a veu trancher sa vie;
Et ie veux accablé d'vn excez de douleur,
Confondre en ce moment mon sang auec le leur. Il se frape.

ALCMENE accourant.

Que faites-vous, Seigneur?

CRESPHONTE.

O Dieux!

ALCIDAMAS.

Cresphonte, Alcmene,
Ie vay rejoindre Argie, & pour calmer la haine
Qu'excita dans son ame vn discours criminel,
Exposer à ses yeux vn regret eternel:
Belle ombre, en quelque lieu que tu sois detenuë,
Sur cet infortuné daigne porter la veuë,
D'vn œil moins irrité regarde son trépas,
Sa derniere action ne te déplaira pas,

Si ſon crime n'a pû meriter quelque grace,
Il ne tient pas à moy que mon ſang ne l'efface,
Et mon cœur tranſpercé de ſon iuſte remors,
Se plaint de ne pouuoir endurer mille morts.
Ie me meurs.

ALCMENE.

O malheur!

CRESPHONTE.

O funeſte auenture!
Allons-luy promptement donner la ſepulture,
Et pour ne pas trahir vn exemple ſi beau,
Enſeueliſſons-nous dans le meſme tombeau.

FIN.

www.ingramcontent.com/pod-product-compliance
Lightning Source LLC
LaVergne TN
LVHW020424230826
846091LV00004B/1405

* 9 7 8 2 0 1 9 6 8 4 7 7 8 *